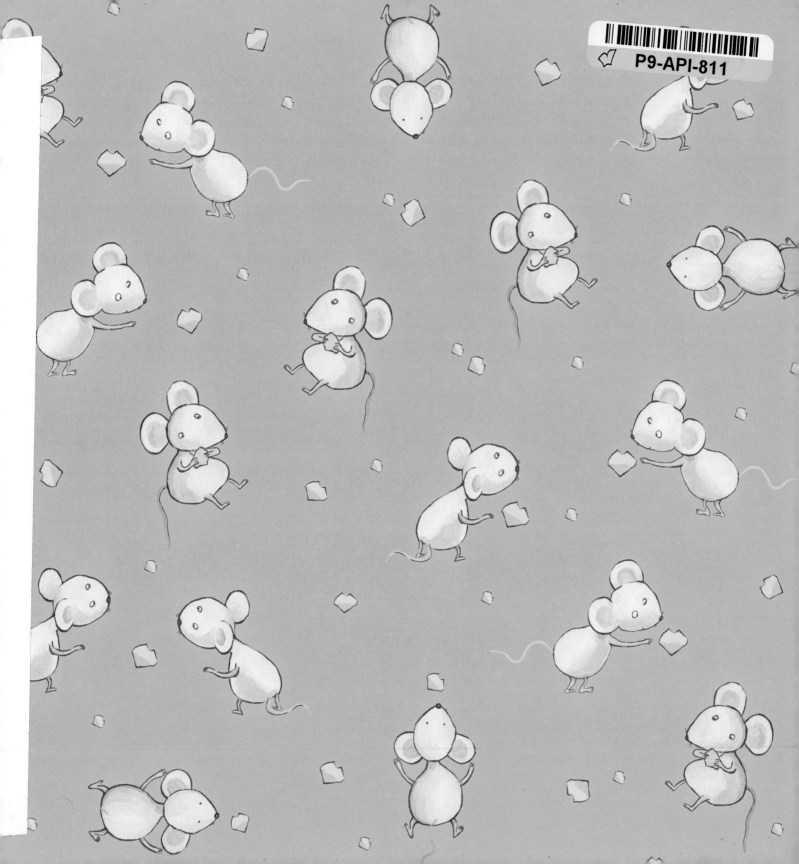

IL ÉTAIT UNE FOIS

À tout le monde…
Car tout le monde aime se faire raconter des histoires !
G. T.

À Florence, ma petite-fille
F.

CATALOGAGE AVANT PUBLICATION
DE BIBLIOTHÈQUE ET ARCHIVES
NATIONALES DU QUÉBEC ET
BIBLIOTHÈQUE ET ARCHIVES CANADA

Tibo, Gilles, 1951-
Il était une fois
Pour enfants.

ISBN 978-2-89512-759-8

I. Fanny. II. Titre.

PS8589.I26I4 2009 jC843'.54 C2009-940437-0
PS9589.I26I4 2009

Directrice de collection : Lucie Papineau
Direction artistique et graphisme :
Primeau Barey

Dépôt légal : 3e trimestre 2009
Bibliothèque nationale du Québec
Bibliothèque nationale du Canada

DOMINIQUE ET COMPAGNIE
300, rue Arran, Saint-Lambert (Québec)
Canada J4R 1K5
Téléphone : 514 875-0327
Télécopieur : 450 672-5448
Courriel : dominiqueetcie@editionsheritage.com

www.dominiqueetcompagnie.com

Imprimé en Chine

Nous remercions le Conseil des Arts du Canada de
l'aide accordée à notre programme de publication.

Nous reconnaissons l'aide financière du gouvernement
du Canada par l'entremise du Programme d'aide au
développement de l'industrie de l'édition (PADIÉ) pour
nos activités d'édition.

Nous reconnaissons l'aide financière du gouvernement
du Québec par l'entremise du Programme de crédit d'impôt
pour l'édition de livres — SODEC — et du Programme d'aide
aux entreprises du livre et de l'édition spécialisée.

IL ÉTAIT UNE FOIS

TEXTE : GILLES TIBO
ILLUSTRATIONS : FANNY

Dominique et compagnie

IL ÉTAIT UNE FOIS un petit Gaston qui aimait écouter des histoires. Chaque soir, il se blottissait dans les bras de sa maman. Elle lui chantonnait une berceuse en ouvrant délicatement un livre. Ensuite, elle lui murmurait à l'oreille : « Il était une fois… »

L'enfant frissonnait de bonheur en écoutant ces premiers mots. Puis, emporté par la voix douce de sa mère, il visitait des pays lointains, rencontrait des personnages fabuleux, ou se perdait dans la jungle peuplée d'animaux sauvages.

AU FIL DES JOURS, des semaines et des mois, le petit Gaston apprit les secrets de l'alphabet. Le cœur battant, il commença à lire par lui-même de courts textes. Puis, un soir, il réussit à lire un grand album.

Rempli de joie, il déposa cet album sur un rayon vide de sa bibliothèque en se faisant la promesse de lire toute sa vie de merveilleux livres pour enfants.

BIEN DES ANNÉES PLUS TARD, Gaston tenait toujours parole. Devenu un adulte respectable, il avait accumulé tellement de livres pour enfants que sa maison croulait sous le poids des bouquins.

Afin de partager sa passion, monsieur Gaston décida d'ouvrir une librairie. Il engagea une équipe de déménageurs, qui travaillèrent trois jours et trois nuits pour vider la maison et remplir les tablettes de la nouvelle librairie.

LE LENDEMAIN DU DÉMÉNAGEMENT,
juste avant l'ouverture de son commerce,
monsieur Gaston épousseta
amoureusement ses bouquins.

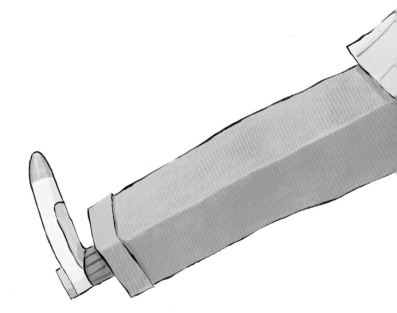

Il caressa les couvertures de ses plus beaux albums.

Il dansa en tenant dans ses bras quelques-uns de ses livres préférés.

Puis, le cœur joyeux, il ouvrit toutes grandes les portes de sa librairie.

LA PREMIÈRE JOURNÉE, il ne vint aucun client.
La deuxième journée, il reçut la visite d'un chien errant.
La troisième journée, seul le vent s'engouffra dans
son commerce.

Personne dans le quartier ne semblait s'intéresser
aux livres pour enfants.

Afin de ne pas sombrer dans la mélancolie, monsieur
Gaston lut et relut cent fois ses albums préférés.

LE MATIN DU QUATRIÈME JOUR, monsieur Gaston
eut la surprise de sa vie en ouvrant la porte de sa librairie.
Pendant la nuit, des livres avaient été déplacés. Plusieurs
albums étaient tombés par terre. Certains avaient été
déchirés. D'autres avaient été troués.

Stupéfait, monsieur Gaston vérifia les portes et les fenêtres.
Elles étaient toutes fermées à double tour. N'y comprenant
rien, le libraire répara les livres endommagés. Il recolla
des reliures, lissa soigneusement les coins repliés et repassa
les pages froissées avec un fer ni trop chaud ni trop froid.

Le soir venu, il barricada les portes et les fenêtres de
son commerce, puis il rentra chez lui le cœur rempli
d'inquiétude.

LE LENDEMAIN, À L'AUBE,
monsieur Gaston se précipita à
la librairie pour constater avec
horreur que d'autres livres avaient
été déchirés, perforés, rognés…

Les larmes aux yeux, il fit encore
une fois le grand ménage. Mais,
le soir venu, il décida de ne pas
retourner chez lui. Armé d'un
balai, il se coucha sous le comptoir
pour surprendre le malfaiteur.

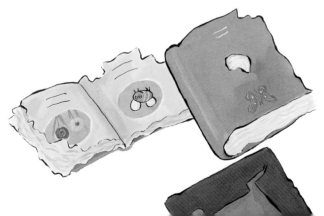

RECROQUEVILLÉ SUR SON BALAI, monsieur Gaston
finit par s'endormir. Il rêva qu'il attrapait le criminel avec
un filet de pêche. Il rêva qu'il l'enfermait dans une prison…
Mais, soudainement, monsieur Gaston fut réveillé par
une voix qui murmurait : « Il était une fois… »

Croyant reconnaître la douce voix de sa mère, le libraire
ouvrit un œil. C'est alors qu'il aperçut une jolie maman
souris en train de raconter une histoire à ses douze
souriceaux. Émerveillé, monsieur Gaston écouta
l'histoire. Juste avant de se rendormir, il entendit la
conteuse chuchoter à ses petits :
— Demain soir je vous raconterai la suite de cette
incroyable aventure…

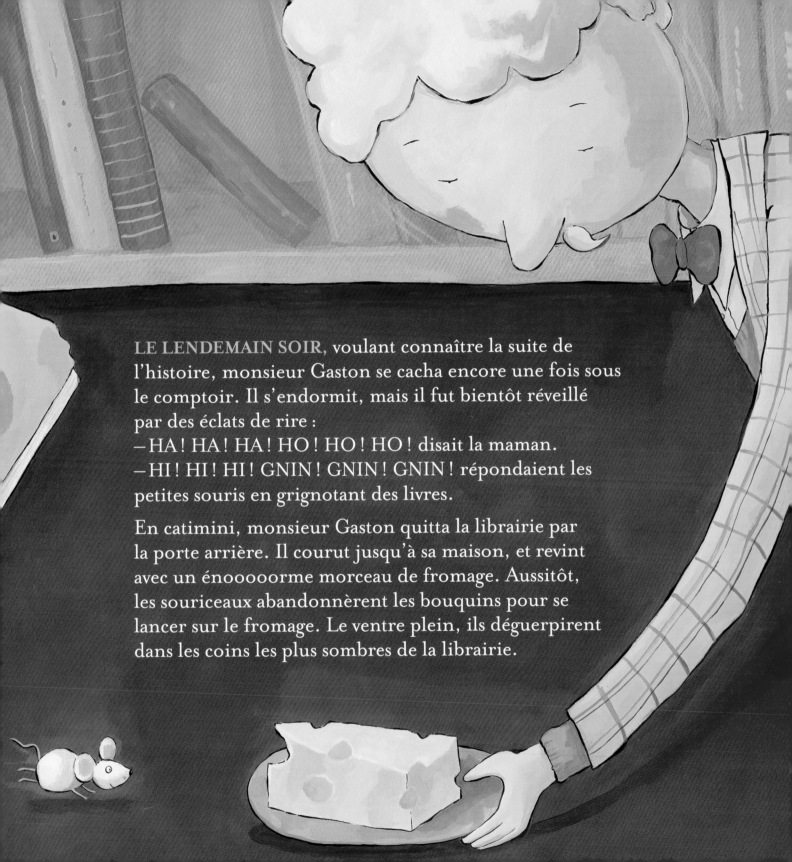

LE LENDEMAIN SOIR, voulant connaître la suite de l'histoire, monsieur Gaston se cacha encore une fois sous le comptoir. Il s'endormit, mais il fut bientôt réveillé par des éclats de rire :

— HA ! HA ! HA ! HO ! HO ! HO ! disait la maman.

— HI ! HI ! HI ! GNIN ! GNIN ! GNIN ! répondaient les petites souris en grignotant des livres.

En catimini, monsieur Gaston quitta la librairie par la porte arrière. Il courut jusqu'à sa maison, et revint avec un énooooorme morceau de fromage. Aussitôt, les souriceaux abandonnèrent les bouquins pour se lancer sur le fromage. Le ventre plein, ils déguerpirent dans les coins les plus sombres de la librairie.

AFIN DE SAUVER SES LIVRES,
monsieur Gaston se mit à nourrir
les souriceaux, une fois le matin,
une fois le soir… Pour remercier
le libraire de cette délicate attention,
la maman ouvrit un album et se
mit à lui raconter des histoires qui
commençaient toujours par :
« Il était une fois… »

Attirés par cette voix mélodieuse,
des clients entrèrent dans la librairie.
Ils bouquinèrent en écoutant la
conteuse. Puis, heureux comme
des enfants, ils repartirent les bras
chargés de livres.

POUR REMERCIER LA CONTEUSE, monsieur Gaston déposa sur une tablette un fauteuil miniature, une lampe, un bol rempli de fromage, ainsi qu'une jolie robe de poupée.

Tous les jours, la maman souris enfilait la jolie robe,
s'installait dans le fauteuil, et commençait à raconter
des histoires. Lorsqu'elle murmurait : « Il était une fois… »,
tous les clients, petits et grands, cessaient de parler.

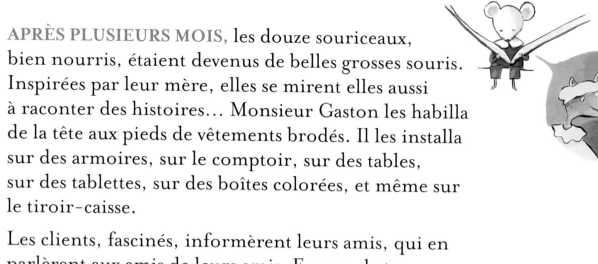

APRÈS PLUSIEURS MOIS, les douze souriceaux, bien nourris, étaient devenus de belles grosses souris. Inspirées par leur mère, elles se mirent elles aussi à raconter des histoires… Monsieur Gaston les habilla de la tête aux pieds de vêtements brodés. Il les installa sur des armoires, sur le comptoir, sur des tables, sur des tablettes, sur des boîtes colorées, et même sur le tiroir-caisse.

Les clients, fascinés, informèrent leurs amis, qui en parlèrent aux amis de leurs amis. En peu de temps, des familles entières accoururent de partout pour assister aux représentations.

L'ÉVÉNEMENT DEVINT SI POPULAIRE que, bientôt, on arriva des autres quartiers, des autres villes, puis des autres pays pour écouter les souris conteuses d'histoires. Monsieur Gaston, heureux mais complètement débordé par la situation, engagea deux assistants. Le premier pour qu'il s'occupe des souris. Le deuxième pour qu'il serve les clients.

DEPUIS CE JOUR, monsieur Gaston quitte régulièrement sa librairie en catimini, par la porte arrière. Les bras chargés de livres, il traverse la ville et va rendre visite à sa maman.

Chaque fois, la vieille dame se blottit dans les bras de son fils. Les yeux fermés, le cœur transi d'émotion, elle écoute des histoires qui commencent toujours par ces mots magiques :

« IL ÉTAIT UNE FOIS... »

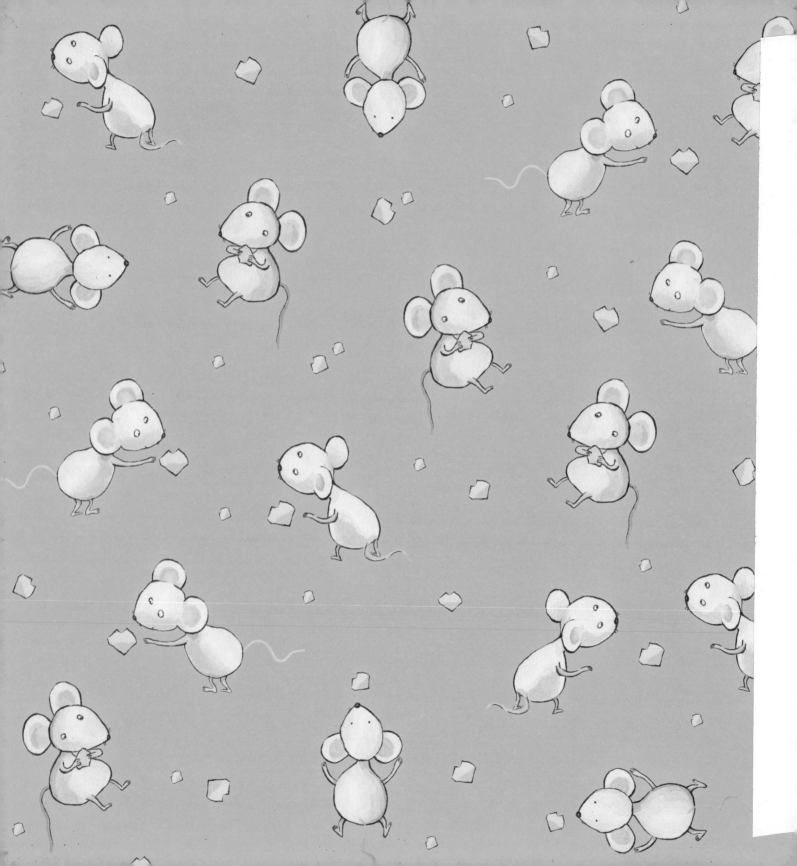